*"Se Deus é por nós,
quem será contra nós?"*

(Paulo, em Romanos 8:31)

Renato Aquino

Espelho da ALMA

Renato Aquino

Espelho da ALMA

Niterói
2009

© 2009, Editora Impetus Ltda.

Capa: Editora Impetus Ltda.
Revisão de Português: do autor
Projeto Gráfico e diagramação: Editora Impetus Ltda.
Impressão e encadernação: Nova Letra Gráfica e Editora Ltda.

A669e

Aquino, Renato.
  Espelho da alma / Renato Monteiro de Aquino. – Niterói, RJ:
Impetus, 2009.
  168 p. ; 12 x 17 cm.

  ISBN: 978-85-7626-359-3

1. Poesia brasileira. I. Título.

CDD- B869.1

TODOS OS DIREITOS RESERVADOS – É proibida a reprodução, salvo pequenos trechos, mencionando-se a fonte. A violação dos direitos autorais (Lei nº 9.610/98) é crime (art. 184 do Código Penal). Depósito legal da Biblioteca Nacional, conforme Decreto nº 1.825, de 20/12/1907.

A Editora Impetus informa que quaisquer vícios do produto concernentes aos conceitos doutrinários, às concepções ideológicas, às referências, à originalidade e à atualização da obra são de total responsabilidade do autor/atualizador.

Direito das Imagens: Claude Monet - Alamos
  Auguste Renoir - O Camarote
  Auguste Renoir - O Passeio
  Vincent van Gogh - Cerejeira

Os rendimentos provenientes dos direitos autorais deste livro serão totalmente revertidos para instituições filantrópicas.

Editora Impetus Ltda.
Rua Alexandre Moura, 51 – Gragoatá – Niterói – RJ
CEP: 24210-200 – Telefax: (21) 2621-7007
www.editoraimpetus.com.br

Renato Monteiro de Aquino

- Membro da Academia de Ciências e Letras de Maricá
- Mestre em Letras (Filologia Românica) pela UFRJ
- Ex-professor de Língua Portuguesa e Literatura Brasileira do Colégio Militar do Rio de Janeiro
- Ex-professor de Língua Portuguesa da Secretaria de Estado de Educação do Rio de Janeiro
- Ex-professor de Língua Portuguesa da Secretaria Municipal de Educação do Rio de Janeiro
- Fiscal de atividades econômicas aposentado do município do Rio de Janeiro
- Professor de cursos preparatórios

"Esquece o benefício que concedes, mas lembra-te sempre do que recebes."

(Quílon)

Outras obras do autor

- Amor e Luz (poesias). Editora Pongetti
- Português para Concursos. 24ª ed. Editora Campus/Elsevier
- Redação para Concursos. 10ª ed. Editora Campus/Elsevier
- Interpretação de Textos. 11ª ed. Editora Campus/Elsevier
- Gramática Objetiva da Língua Portuguesa. 4ª ed. Editora Campus/Elsevier
- Dicionário de Gramática. Editora Campus/Elsevier
- Português para Concursos, em DVD (8 DVDs). Editora Tele-Jur

Sumário

Sonetos 1

- Junto a mim — 3
- Estrela maior — 4
- Iluminação — 5
- Verdade — 6
- O trem — 7
- Erro — 8
- Presença divina — 9
- Inexplicável — 10
- Olhar atento — 11
- A força do bem — 12
- Velha estação — 13
- Natal — 14
- Lugar vazio — 15
- Mártires — 16

Apenas um ponto	17
Justiça	18
A tua inspiração	19
O sol do amanhecer	20
Experiência	21
Arrimo	22
Volta amarga	23
Silêncio	24
Agonia	25
Paradoxo cruel	26
Glorificação	27
Imortalidade	28
Homem novo	29
Impossível	30
Eterna solução	31
Felino branco	32
Visão redentora	33
Refúgio	34
A voz	35
Mudanças	36
Segredo	37
Musa livre	38
Caminho	39
A uma jovem	40
Na prece	41
Minha felicidade	42

Perfume	43
Verdadeiro castigo	44
Alma de poeta	45
A luta do bem	46
Cena rural	47
Aclamação	48
Na espera do amor	49
Outra vez	50
O grande passo	51
Duas palavras	52
A uma amiga	53
Casimiro	54
Não sei	55
A volta	56
O beijo	57
Prêmio humano	58
Sim e não	59
Perfeição	60
Sempre adiante	61
Simplicidade e grandeza	62
Soneto sem sentido	63
Aposta	64
Realidade	65

Trovas *67*

Outros Poemas 115

Indagação	117
Última Batida	119
Minha rua	123
O moinho	125
Para o mar	126
Brasil	128
Reconhecimento	130
A alguém	131
Valor real	133
Proteção	135
O que ficou	136
A meta	138
A praia	139
O caminho	141
Luz	143
Nossa casa	144
Ajuda maior	145
Ao longe	147
Surpresa	149

Junto a mim

Foi no tempo das meigas ilusões,
Na estação dos sorrisos, dos amores;
Dormias ao meu lado, entre as mais flores,
Rosa que embevecia os corações.

O mundo apresentava lindas cores,
Nossos olhos, tão meigas vibrações,
Que eu nem sei definir as sensações
Desses dias de paz e de esplendores.

Hoje, eu me viro, a contemplar, tristonho,
O travesseiro relegado a abrolhos,
Restos, talvez, de adocicado sonho.

Mas sinto, entre sorrisos, afinal,
Que, embora estejas longe de meus olhos,
Tu vives na saudade, que é imortal.

Estrela maior

Uma estrela do céu, fulgente e bela,
Desceu na escuridão do meu viver.
Fulgor diamantino que revela
A bondade de Deus a me envolver...

Esperança de meigo entardecer,
Lírio por quem minha alma ansiosa vela,
Luz que aclara a estrada a percorrer,
Ave por quem meu peito se desvela.

Ó suprema ventura da minha alma,
Ó promessa de amor, de fé, de calma,
Felicidade que em meu peito brilha!

Bendito sejas, meu Senhor Jesus!
Bendito sejas, pela terna luz,
Bendito sejas, pela minha filha!

Iluminação

Passa o tempo infinito, e o homem pela Terra
Vive o bem, vive o mal, na gangorra do amor.
Às vezes busca a paz, às vezes busca a guerra,
Vive pelo prazer e chora pela dor.

E o contraste seduz aquele que aqui erra,
Espírito imortal em busca do esplendor.
Corre o tempo fugaz e as ilusões enterra,
Mostrando a todo ser que ele mesmo é o senhor.

É o momento em que a luz penetra a alma cansada
E ilumina a consciência e descortina a estrada,
Livre de apelos vis e da força do mal.

Nesse instante sublime, o da libertação,
Sente a alma que é possível, em meio à confusão,
Viver em plenitude o amor universal.

Verdade

Esplende em mim tão forte claridade
Que arrebata, consola e vivifica.
Minha alma, que se volta à Eternidade,
O Pai de Amor em prantos glorifica.

Os castelos de sonho e irrealidade,
Construídos no areal que ao vento fica,
Caíram ante a força da Verdade,
Que torna a vida cada vez mais rica.

Conhecer é mudar, é ser feliz...
É arrancar das entranhas a raiz
Que o homem prende à Terra, em sedução.

Necessário aceitar que, em harmonia,
Seguem juntos a dor e a alegria,
No caminho maior da Redenção.

O trem

Eu viajava pelo mundo afora,
Naquele trem de ferro retorcido,
Por caminhos de ontem num agora,
Prisioneiro e infeliz, perdido.

Era longa a viagem, que demora!
Quão grande esse desânimo nascido!
Não podia deixá-lo, ir-me embora,
Voltar ao mundo meu, enternecido.

Mas, agora, parou ao meu comando:
Desembarquei, sorrindo ao que ficou,
E o trem sozinho vai, já se afastando.

No horizonte se esfaz, a tremular...
O som do seu motor silenciou...
Ergo a cabeça e volto a caminhar.

Erro

Foram anos de vida diferente,
De suposta alegria e amor suposto.
O coração sorria mansamente,
Mas sorria talvez a contragosto.

Fase de risos e prazer ardente,
Que a ilusão na minha alma havia posto.
Tudo era doce, já que eu era crente
Nessa doçura que só foi desgosto.

Eu dormia num leito rangedor,
Curvado ao peso duma falsidade,
Capa de brancas flores para o amor...

Tudo aquilo, por certo, me convinha,
Pois não sabia que a felicidade
Nada mais era que a desgraça minha.

Presença divina

Há tantas coisas refletindo amor,
Tanta beleza à nossa volta agora,
Que eu sinto Deus em cada simples flor,
Em cujas pétalas o orvalho chora.

Nos pelos do leão ameaçador,
Ou na andorinha pelo espaço afora...
Seja aqui, seja ali, seja onde for,
Em tudo Deus, maravilhoso, aflora.

É o coração a sede da ternura,
Do bem consolador, da caridade,
Promovendo união, paz e ventura.

Ter puro o coração e amena a voz
É sentir a sublime majestade
Do Criador se refletindo em nós.

Inexplicável

Sublime instante de ternura e paz...
Que palavras humanas há de haver
Capazes de expressar todo o prazer
Que em nossa alma, despertado, jaz?

Silêncio interior, ânsia de ser
Melhor a cada dia, sempre mais.
É o momento divino que à alma traz
A inspiração maior para viver.

Nada pode explicar a quietude,
O silêncio, a magia, a plenitude
Que envolve o ser na oração imerso.

Bendita oração que nos transporta
Aos seios de Jesus – eterna porta
À luz que flui grandiosa do Universo.

Olhar atento

Eu faço versos pra mostrar a paz
E canto a vida sempre tão ardente.
Eu faço versos contra o mal tenaz
E louvo o que faz bem a toda gente.

Há beleza nas flores, nos cristais,
Nas águas do chuvisco intermitente,
Nas montanhas, no mar, nos mangueirais,
Nos olhos da criança displicente.

Em tudo existe amor, sabedoria...
É preciso enxergar a luz do dia
– Banho de luz que eu canto em cada verso.

Desfrutar a beleza à nossa volta,
Observar, sem um grito de revolta,
A majestade augusta do Universo.

A força do bem

Nada pode obstar a caminhada
De quem botou Jesus no coração.
O espírito liberto segue a estrada
De luz e paz cortando a imensidão.

E os grilhões de uma época passada,
Marcada por orgulho e ambição,
Desfazem-se ao influxo da alvorada,
Que envolve todo o ser com emoção.

Uma alegria apenas nos domina:
A visão de uma terra majestosa,
Que a luz do Cristo aquece e ilumina.

As emoções estranhas são vencidas,
Não existem mais dores nem feridas,
Só a alegria imensa de viver.

Velha estação

Nada mudou na histórica estação,
Onde passavam trens, trens de madeira:
O muro, a tenda, o torniquete, o chão,
Testemunhas da vida rotineira.

Apenas, em lugar da confusão,
Da turba alvoroçada e faladeira,
Uma profunda e triste solidão
Geme na plataforma a tarde inteira.

O capim já se avulta lado a lado,
Num cheiro inconfundível de passado,
Símbolo de esquecida realidade.

Agora apenas a ilusão mesquinha
Sob a forma da tosca estaçãozinha,
Conservada no signo da saudade.

Natal

Na pobre estrebaria de Belém,
Surge a estrela do amor, que nos conduz.
A Verdade, o Caminho, a Paz e a Luz,
No corpo frágil de incomum neném.

A criança cresceu... era Jesus,
Doou-se, amou, serviu como ninguém.
E o mundo ofereceu-Lhe, em taça de desdém,
No Gólgota inflamado, a infame cruz.

Natal... estranha comemoração!
A gula enchendo os pratos com destreza,
Enquanto se esvazia o coração.

Natal... oh! paradoxo singular!
Convidamos vizinhos para a mesa,
Mas não deixamos o Senhor entrar!

Lugar vazio

Passaste, bom amigo, pela vida,
E um rastro de saudade me ficou.
Foste um feixe de luz despercebida,
Que um triste coração iluminou.

Talvez o mundo, na voraz partida,
A insana luta em que eu ainda estou,
Não te haja notado – alma florida –
Como o meu peito amigo então notou.

Um vazio ficou, na tua ausência,
Uma lacuna enorme a preencher,
E o tempo passa sem qualquer clemência.

Foste um elo de amor, foste amizade...
Por isso, neste triste anoitecer,
Chora o poeta... chora de saudade.

Mártires

Flores murchas da estrada lamacenta,
Pisoteadas pela multidão,
Como é tristonho o vosso coração,
Que pulsa a contragosto, em forma lenta!

Resquícios de quimera e de ilusão,
Em cada esquina escura e poeirenta...
Aos suspiros da insânia pestilenta,
Arrastais vossa cruz em solidão.

A claridade foge à vossa porta...
E aos lobos do prazer inconsequente
Vossa alma enlanguecida mal suporta.

Resta o consolo de se orar baixinho:
– Que Deus se compadeça eternamente
Das pobres meretrizes do caminho!

Apenas um ponto

Aquele olhar tão triste e tão mimado,
Nascido de uma dor, de uma saudade,
Despertou-me, tão vago e magoado,
Que eu notei como é negra a realidade.

E todo aquele mundo, no passado,
Por um instante apenas, que maldade!,
Retornou para mim... e eu, desolado,
Chorei como criança em tenra idade.

Mas tudo já passou – foi pesadelo...
Despertei... mas, que estranho!, está tão frio,
Já tudo ao meu redor parece gelo.

É o encontro dessas duas gerações:
Um ponto apenas, infeliz desvio,
Onde choram humildes corações.

Justiça

Vida de desenganos e torturas
Suportou o esquelético ancião.
Foi bom, foi caridoso, deu a mão,
À troca de injustiças sempre duras.

Porém, sem se queixar das amarguras,
Guardava esta sutil afirmação:
– Sofra o meu corpo, sofra o coração...
Confio no Senhor, Deus das alturas!

E agora, tão doente, os olhos ergue...
Sua casa, bem pobre, mais parece
O interior de um velho e triste albergue.

Olha à volta, tranquilo, sem rancor,
Aperta um crucifixo e, então, falece,
Com a segurança dos que têm amor.

A tua inspiração

À Sônia

Tivesse eu à mão fino cinzel,
E nesse instante, amor, esculpiria
Um rosto de mulher, que o alto Céu
Colocou junto a mim com alegria.

Tivesse, então, sutil, mole pincel,
E na alvura da tela eu pintaria
Intemerato coração sem véu,
Tal qual Da Vinci, lá na Itália fria.

Não sendo um escultor, esqueço a pedra;
Não sabendo pintar, desprezo as cores;
Mas... ferve a inspiração, que em mim já medra.

E o coração me aponta a pena fria...
– Sim, é o verso!... e consigo, em meio às flores,
Eternizar meu bem na Poesia.

O sol do amanhecer

É tarde... um vento ameno e peregrino
Assobia a canção da despedida.
A madrugada foge, enfraquecida,
Saudando, exangue, o dia cristalino.

As águas da lagoa enternecida
Reverberam ao sol diamantino.
O dia, nesse instante, é um menino
Enchendo de alegria a própria vida.

Assim também nas almas deve ser:
Vibrar intensamente um outro dia,
No coração humilde a florescer...

Afastar com firmeza a noite fria,
Deixar luzir o sol do amanhecer,
Num verdadeiro hino de alegria.

Experiência

Tudo muda nos homens por encanto,
Quando os anos avançam sem parar...
Quando a névoa da idade estende o manto,
Buscando a juventude exterminar.

É flor que se desfolha em desencanto,
Espargindo-se ao vento, a soluçar...
É nota que morreu, matando o canto...
É canto que não pode mais cantar.

Este canto de cisne abençoado
É uma graça do Cristo lá nos céus,
Traduzida no tempo prolongado.

Feliz de quem na vida que se esvai
Prepara o seu porvir perante Deus,
Tirando uma lição de cada ai.

Arrimo

Voo, nas tuas asas hialinas,
Aos píncaros do amor universal.
E teu canto de notas cristalinas
Abranda no meu peito o triste mal.

Minhas aspirações bem pequeninas,
Meu sonho de poeta, sem igual,
Repousam nas belezas tão divinas
Do teu seio, Poesia colossal.

Sem ti não sei quem sou, não sei mais nada...
Sinto-me enfraquecido, sem verdade,
Chorando, nessa escura encruzilhada.

Em teus braços, eu sinto ser alguém...
Longe de ti me vejo – é a realidade –
Deslocado no mundo, sem ninguém.

Volta amarga

Ressurges de uma treva tão espessa,
Morta que estavas ao meu coração,
Qual fantasma que a estúpida cabeça
Meneia para mim com devoção.

A mão te sinto, nunca me esqueça
Teu olhar sempre cheio de ilusão.
Criança outrora viva e tão travessa,
Hoje sombra a brotar da escuridão.

Por Deus, não voltes para mim agora!
Deixa a minha alma, que de triste chora,
Nos seios desta paz se alicerçar.

Então, fantasma, vem trazer-me, um dia,
Um beijo que me tire da agonia,
Ou lágrima que venha me matar!

Silêncio

Tu, que caminhas pela vida afora,
À cata de conselho e orientação,
Acalma o teu sofrido coração
E absorve do espaço a paz agora!

Vê quantos astros cantam na amplidão!...
Que luz! que brilho! que suprema aurora!
Deixa a esperança entrar, ela é senhora
Dos desgraçados sem amor e pão!

Esquece a gritaria que ensurdece...
Esparze o eflúvio amigo de tua prece
Sobre a aridez de tua própria cruz!

E, quando a vida se tornar ruim,
Compreende, perdoa, esquece, enfim,
Faze silêncio para ouvir Jesus!

Agonia

Pérola do Ocidente, inigualável,
De Camões ferramenta delicada.
Nos versos de Bilac – formidável...
Nos contos de Alencar – sublime fada.

Quantos de ti fizeram adorável
E indestrutível flor, divinizada!...
Pujante, valorosa, incontrolável...
Língua pátria, dos gênios manejada!

Que fazem de ti, cândida menina?
Que mãos atrozes vêm-te profanar,
Destruir a beleza que fascina?

Das entranhas, teu sangue triste escorre,
Ó língua portuguesa a soluçar,
Flor que agoniza, que desfolha e morre!

Paradoxo cruel

No mundo há tantos gozos e riqueza,
Tesouros memoráveis pela Terra,
Que a nuvem da cobiça os olhos cerra
De quantos se esqueceram da beleza.

Os homens, entre si, travam tal guerra,
Sedentos de dinheiro e realeza,
Que ferem toda a lei da natureza,
A lei de Deus que a própria vida encerra.

Enquanto há gargalhadas num salão,
E o dinheiro maldito, milenar,
É queimado no fogo da ilusão,

Ninguém se lembra, na realidade,
Que há crianças famintas a chorar,
Vestindo a roupa da necessidade.

Glorificação

Nada mais vale para mim no mundo
Que a doce paz do meu querido lar.
A esposa amada, o nosso amor fecundo,
As aves no jardim a pipilar.

Nada mais nobre, mais gentil, profundo,
Que esse rostinho amigo a me fitar!
Ah! nem todo o ouro deste pobre mundo
Poderia tudo isso me comprar!

Envoltos, pois, na poesia santa
Que emana, grandiosa, do Universo,
Honremos este amor que nos imanta.

Que o Senhor, em nossa alma assim imerso,
Seja, por todo o bem que nos encanta,
Glorificado neste humilde verso!

Imortalidade

Imortal é o amor que me alumia
E me conduz os passos nesta vida.
Estranha ressonância de magia,
Que faz a minha estrada tão florida.

Eterno, sim, é o bem que, dia a dia,
Meu peito vem encher na dura lida.
Vencedor, junto a mim, da vã porfia,
Constante da minha alma entristecida.

Embora morto, à campa relegado,
Entre as cinzas funestas do passado
E as mortas ânsias desse extinto ardor,

Minha harpa soará na escuridão,
Abrindo o templo do meu coração,
Canto à imortalidade deste amor.

Homem novo

Tudo mudou – suspira a primavera,
Sorri se abrindo em cantos para mim.
Rodei como um pião, mas paro, enfim,
Aboletado sobre uma quimera.

Há paz nas ruas, flores no jardim,
No etéreo bosque da minha alma austera.
Abre-se a linha do horizonte, é o fim
De uma agonia que me desespera.

É tempo de deixar todo o passado,
Sugar o néctar de uma nova vida,
Sobre rosa esperança acomodado.

É azul o firmamento, verde o mar...
Expira o trovador – folha perdida,
E outro já surge para o seu lugar.

Impossível

Sejam flores a estrada! – Vai passar,
Graciosa em seus passos, Mariana.
Cessem as turbas o matraquear,
Morra na boca a ideia leviana.

Surge a moça – por Deus!, é de pasmar
A formosura quase sobre-humana!
Mas que posso fazer, senão chorar,
Sendo eu homem comum, ela cigana?

Aplaude a multidão sua passagem:
– Salve a formosa peregrina virgem,
Beleza estranha, qual doce miragem!

E ela segue o caminho sem saber
Que alguém de longe espia na vertigem
Do amor que está fadado a perecer.

Eterna solução

Viajante do mundo nevoento,
Andarilho da estrada da agonia,
O homem busca, incessante, a alegria,
A vitória total nesse momento.

Faz do irmão inimigo pestilento,
Encara o mundo com hipocrisia.
Eterno lutador do dia a dia,
Combate a tudo, sob o firmamento.

Nômade em desespero, faz-se cego,
Não reconhece a força da verdade...
E busca despertar seu triste ego.

Pobre coitado, adormecido e mudo!...
Não sente ainda que, na realidade,
No amor se encontra a solução de tudo.

Felino branco

Eu tive um gato gordo e bem felpudo,
De cara larga sempre a me espreitar.
Chamava-se Alemão, ele era tudo
Que uma criança pode desejar.

Seu pelo era macio qual veludo,
Tinha olhos penetrantes verde-mar.
Saltava sobre mim, corpo miúdo,
Parecia querer me despertar.

Uma dia ele sumiu, não mais voltou.
Talvez tenha morrido, talvez não...
Só sei que este seu dono então chorou.

E a vida foi à frente, sem parar,
Deixando um rastro doce do Alemão,
Que do espaço parece me espiar.

Visão redentora

Caminhante de um mundo nevoento,
Esbarrei nos empeços da jornada.
Povoei de ilusões o pensamento,
Quando notei, não me restara nada.

Aquele mundo incrível, opulento,
Que eu personificara em minha estrada,
Diluiu-se qual nuvem contra o vento,
Tombou como andorinha apedrejada.

Foi quando eu vi, em meio à treva imensa,
Uma luz que incidia sobre mim,
Em forma de esperança, amor ou crença.

Mostrou-me a estrada a percorrer, em luz...
Ergueu-me a fronte e me falou assim:
– Eu sou tua alegria, eu sou Jesus!

Refúgio

Quando sinto o meu ser em desalento
E o coração parece angustiado,
Pego a estrada serena do passado
E procuro teu parque em pensamento.

Imagino teu povo despreocupado,
Recordo as tuas praças num momento...
E sinto no meu rosto o brando vento,
Carícia que me deixa extasiado.

Quanta alegria traz-me essa lembrança,
Cântico de louvor e de esperança,
Hino de fé e paz, de amor intenso!

E minha alma vagueia agradecida
Pelas ruas de pedra colorida
Da minha bela e humilde São Lourenço.

A voz

Existe no meu peito voz amiga
Mostrando-me o caminho da verdade,
O valor do trabalho e da fadiga,
Com muito amor e doce liberdade.

Mas olvido essa voz que ao bem instiga
E fujo da sublime realidade.
A voz, que a treva espalha e a dor mitiga,
É santa ajuda da Espiritualidade.

Porém eu me recolho à escuridão,
Evitando aceitar a inspiração
Que envolve estes sentidos tristes meus.

Urge atender a voz interior,
Portadora da vida e do amor,
A voz da consciência, a voz de Deus.

Mudanças

Era o tempo da infância, entre os folguedos,
Em que tudo nós vemos com amor.
Encontrei-te, criança, ingênua flor,
Que não trazia espantos nem segredos.

Então uma amizade em resplendor
Explodiu junto a nós, como torpedos,
Quando, em meio à alegria dos brinquedos,
Tudo já nos mostrava nova cor.

Mas hoje eu não te encontro junto a mim,
Não sinto no meu rosto as tuas tranças,
Nem tuas mãos me tocam, já por fim.

Tudo se transformou. Prestam-nos cultos
As ilusões do tempo de crianças,
Os martírios de agora, quando adultos.

Segredo

Sentado à margem calma de um regato,
Nos seios de uma paz que se levanta,
Horas eu passo, a descansar de fato
Dos duros golpes que a existência implanta.

É aqui que eu busco, no sentido exato,
A paz da vida que me desencanta;
A ventura de um dia mais sensato,
A candura que morre por ser santa.

Agrada-me a quietude singular,
A suavidade augusta a me embalar,
Longe dos sentimentos vis e broncos.

Basta-me, por agora, este segredo:
O canto das cigarras no arvoredo,
O perpassar da brisa pelos troncos.

Musa livre

Para que renegar a inspiração
Que brota como flor no campo amigo?
Maltratar, sem motivo, o coração,
Que jamais mereceu um tal castigo?

Deve a pena correr – é a razão
Da alegria que vive aqui comigo.
Nada de sufocar essa ilusão!
Nada de destruir o modo antigo!

Poeta, faze, pois, de tua musa
A companheira eterna que te anima
A descobrir a incógnita confusa!

Cultiva, com amor alvissareiro,
Essa chama tão doce e tão divina
Que faz de ti poeta verdadeiro!

Caminho

Jardim de flores é tua alma, amor,
Onde posso colher quantas quiser.
O jardineiro, nosso Pai Senhor,
Fez-te divina flor, rosa-mulher.

Foi tal a perfeição do Seu labor,
Tamanho o zelo, que eu não sei dizer
Se teu coraçãozinho, pura flor,
É desta vida ou inda vai nascer.

O certo é que eu vagueio pela estrada,
O florido caminho de teus seios,
Bem onde principia essa jornada.

Tudo ficou atrás. O teu sorriso,
Teus olhos, tuas mãos, teus devaneios
Mostram-me desde já o paraíso.

A uma jovem

És uma flor que surge, maviosa,
Com todo o viço dessa natureza...
Botão que se abre com gentil leveza,
Dando passagem a tão bela rosa.

Teus olhos guardam juvenil certeza
De uma Terra melhor, mais amorosa,
Onde a pureza há de juncar, radiosa,
Os corações humanos de beleza.

Nessa etapa tão linda da existência,
Quando a alma é pomba alegre a esvoaçar
Nos jardins da ilusão e da inocência,

Que sejas, para alegria de teus pais,
Felicidade eterna para o lar,
Um símbolo de amor e muita paz.

Na prece

Pesa-me às vezes a incompreensão,
Esse monstro que o peito ainda cultiva.
Preso ao plano terreno, o coração
Deixa que o monstro, infatigável, viva.

Mas eu paro, Senhor, e em oração,
Busco fugir à ideia tão nociva.
Chego-me a Ti, Autor da Criação,
Como o grãozinho humilde à praia altiva.

Apenas no sublime reencontro
Da minha alma contigo, assim bem perto,
A ventura da paz chorando encontro.

Bendita oração, santo momento
Em que me sinto espírito liberto,
Vertendo o pranto do arrependimento.

Minha felicidade

Tu és a minha deusa tão querida,
A musa de meus versos bem tristonhos,
A luz de uma esperança renascida,
Realidade de meus doces sonhos.

És a felicidade esclarecida,
A morte de pesares enfadonhos.
És um mundo de gozos, és a vida,
Os prazeres do amor, doces, risonhos.

Tu és tão valiosa para mim
Como as rosas o são para o jardim,
E os peixinhos, por certo, para o mar.

És a vida de bem-aventurança,
És o aroma sublime da esperança,
Meu mundo pequenino e singular.

Perfume

Bem alta estava a noite de verão,
No velho sítio, na fazenda antiga,
Quando uma voz ouvi, suave e amiga,
Ressoando bem junto do portão.

Era estranha chamada, e o coração,
Saltitando, esqueceu toda a fadiga.
Levantei-me da cama quente e amiga,
Cambaleando pela escuridão.

Era silêncio – nem uma voz sequer...
Mas no ar pairava ainda o eflúvio quente
De um corpo aveludado de mulher.

Fora sonho? ilusão? – não sei!... Talvez
Fosse a felicidade prepotente,
Que me sorrira, ao menos, uma vez.

Verdadeiro castigo

Quando fores atacado
Por irmão inferior,
Pensa nele com amor:
É um pobre acorrentado.

Observa seu triste estado:
Das trevas busca o penhor.
Alivia a sua dor...
Ele já foi castigado!

Seu algoz anda consigo,
Como atroz, fero inimigo,
Que espera com paciência.

E no dia da cobrança
Chorará – pobre criança!,
Ante a própria consciência.

Alma de poeta

Eu amo as flores como o passarinho
Ama a amplidão da várzea secular,
E a pomba mãe adora o seu pombinho,
Que em altos troncos vai feliz botar.

Amo a poesia – aconchegante ninho,
Onde eu coloco todo o meu pesar
E em cujos seios, quando estou sozinho,
Todo o meu pranto posso derramar.

Amo, por fim, teus olhos de mulher,
Que longe estão de mim... mas o que importa?
O meu peito te que, como te quer!

Assim, eu amo, com a sinceridade
De uma alma de poeta, quase morta,
Uma rosa, um poema... uma saudade.

A luta do bem

Não se foge à batalha mais cruenta,
Nem se furta à verdade desta vida.
Apenas, muita gente se lamenta,
Chorando a força que julgou perdida.

A recuperação é, às vezes, lenta,
Depois de alguma queda dolorida,
Já que o homem se diz, nessa tormenta,
Sem força alguma pra lutar na vida.

Erro de um peito mal orientado!...
Tem dentro em si a força da vitória...
E é fraco por viver só do passado.

A fraqueza reside na prisão...
Se é livre o homem, o final é a glória,
Os que são presos vão rolar no chão.

Cena rural

Nada há que se rejeite
No sítio de "seu" João.
Comida não é enfeite...
Salve, salve a refeição!

De manhã, café com leite,
Muita manteiga no pão.
À tarde, alface no azeite,
À noite, arroz com leitão.

Depois, conversa fiada,
O som doce da viola,
Sob a luz do lampião.

E segue a vida arrastada,
A rolar como uma bola
No sítio de "seu" João.

Aclamação

Era um velhinho pobre, esfarrapado,
Vagando pelas ruas da cidade.
O olhar era de santo e de culpado,
Os gestos, do senhor da realidade.

Numa esquina foi preso e carregado,
Entre a turba repleta de ansiedade.
Carregava um papel amarrotado,
Que então passou a ler, com suavidade.

Eram versos... e a todos encantava,
Declamando com jeito, sem cessar...
O velho e estranho vate até chorava.

E a polícia o soltou, em ovação,
Pois todos pareciam contemplar
Camões reencarnado no ancião.

Na espera do amor

Esse jeito tão cálido, macio,
Das tuas faces de veludo manso,
Produz cá nos meus olhos o descanso
Que entre as coisas da vida eu aprecio.

O amor transborda alegre e luzidio,
Sorrisos de teus lábios eu alcanço;
Transporto-me à leveza do remanso
De um alvo lago ou refrescante rio.

Assim prossigo, esperançoso e ardente,
Aguardando o que a vida displicente
Reservou para mim, com ou sem dor.

O caminho foi duro e pedregoso...
Agora, do lutar vitorioso,
Abro-te os braços e te espero, amor!

Outra vez

Surgiste como a brisa peregrina,
Que tem todo o universo por pousada,
Num repente de vida adamantina,
Vindo do espaço, da amplidão, do nada.

Eram firmes as mãos, a face fina,
Os olhos de esmeralda arredondada.
A expressão de mulher, meiga e divina,
Os lábios, uma pétala rosada.

Bateste à porta, fui abrir sorrindo...
A porta que me tapa o coração
E vai a minha vida consumindo.

No entanto, estava só, nada mais era
Do que a suprema irrealização,
Fruto de uma tristíssima quimera.

O grande passo

Se trazes no teu seio a mancha do rancor,
Depois de uma desdita imposta por alguém,
Lembra-te de Jesus, pedindo a Deus por quem
Com lanças lhe rasgava o peito de Senhor.

Lembra-te de Gandhi em frente do agressor,
Sereno o coração ante as luzes do além;
De Francisco de Assis, no exercício do bem,
Perdoando à sociedade o imenso dissabor.

Quebremos nesta vida o círculo vicioso,
A liga de amargor que prende à escuridão
Duas almas sem paz em conluio maldoso.

Para alcançar a luz que flui da Imensidão,
É preciso romper esse elo perigoso,
Oferecendo ao outro a bênção do perdão.

Duas palavras

Ouve, menina, flor mimosa, sim,
Uma palavra, que é sinceridade.
Considera que a mão que escreve assim
É experiente, mesmo pouca a idade.

Vens de uma dor, decepção enfim,
Julgaste um pouco dura a realidade.
Mas tudo tem motivo e vive afim
Com a doce perfeição da Eternidade.

Foram lágrimas tristes que brotaram
Em olhos puros que refletem vidas,
E onde as choraste, pouco tempo ou não,

Se havia flores, mais se embelezaram,
Regadas pelas lágrimas caídas,
Santificadas ao tocar no chão.

A uma amiga

Felicidade, minha irmã querida,
Existe em cada ser ao nosso lado.
É o prazer de sentir a própria vida,
A alegria de haver-se superado.

Ouve, amiguinha, a voz enternecida
Que te fala de amor santificado.
É a tua consciência esclarecida,
Que busca libertar-te do passado.

Vê quantas flores te perfumam a alma!
É a mão do Criador, sublime e calma,
A te apontar a estrada, que é sem fim.

Prossegue minha lúcida criança!
Distribui essas flores de esperança,
Que mais rico será o teu jardim!

Casimiro

Ele cantava as flores e a criança,
A saudade de um peito amargurado.
Cantava, para os outros, a esperança,
Para si, a ventura do passado.

Tudo era amor e bem-aventurança
No coração do vate abençoado.
Seus versos tinham sonhos de bonança,
Ninhos de amor a cada apaixonado.

Casimiro de Abreu amava o lar,
Os amigos e a pátria, e a ingenuidade
Plasmava o seu caráter exemplar.

Colocava sua alma nas canções
O Poeta do Amor da Saudade,
Eternizado em nossos corações.

Não sei

Um suspiro no quarto me desperta,
Em meio à solidão deste abandono.
Um perfume de rosas faz-me alerta
O olhar amarrotado pelo sono.

Tremulam, na janela semiaberta,
Os tristes raios do luar de outono.
De longe eu ouço a serenata incerta
Na rouca voz de um infeliz colono.

No mais, tudo é silêncio encantador,
Quando a minha alma se debate em prantos,
Na encruzilhada de um estranho amor.

Não sei se é tempo, para mim, de amar,
Não sei se a noite, com seus negros mantos,
É minha amiga... ou se me quer matar.

A volta

Não suporto ficar aqui sozinho,
Aguardando chegar a minha amada.
Ave atingida por cruel pedrada,
Eis-me aqui, alquebrado e sem carinho.

Este tempo não passa, é uma boiada...
Pachorrento, mal vence esse caminho.
E eu, cá perdido, sinto triste o ninho,
Longe da pomba que ficou na estrada.

Ouço tocar ao longe tristes sinos,
Talvez produto da imaginação...
Porém que resultados tão ferinos!

Quando a porta se abre e ela aparece,
Sinto o sangue voltar, e o coração
De novo bate... na mais pura prece.

O beijo

Beijar a beleza
De teu rosto santo
É ter todo o encanto
Da mãe natureza.

É ter, sem tristeza,
De amor todo um canto,
Viver num recanto
De paz e grandeza.

É amar, sendo amado,
Viver com cuidado,
Fugindo da dor...

Sentir que, no mundo,
Se o mal é profundo,
Maior é o amor.

Prêmio humano

Caminha, peregrino desta vida,
Entre os espinhos da maledicência.
Recebe a cusparada ressentida,
No rosto augusto e pleno de inocência.

Não deixes reabrir essa ferida
Do espírito vassalo da imprudência.
Antes, acolhe, na tua alma erguida,
O perdão soberano da clemência.

Não obstante a caridade pura,
Teu nobre coração é apunhalado
Com as adagas da mais negra agrura.

Desfrutas, entretanto, entre chacais,
Como o Cristo, no Gólgota imolado,
Incorruptíveis sensações de paz.

Sim e não

Foste um sonho de amor, uma ilusão,
Da vida o rumo, da esperança a crença.
Foste a ideia, o desejo, o galardão,
A ânsia sublime, singular, imensa.

Foste, também, a dor e a ingratidão,
A discórdia, o martírio e a descrença.
Foste o penar inglório, a escravidão,
Nuvem de horrores, cada vez mais densa.

Foste tudo isto e muito mais ainda,
Com teu semblante de suavidade,
Olhos tristonhos de mulher tão linda.

Tu foste um paradoxo, uma charada...
Sinto-te a falta, sem sentir saudade:
Tu foste tudo e, ao mesmo tempo, nada.

Perfeição

És como a flor que medra na campina,
Onde os raios de sol fazem seu ninho...
A réstia de esplendor que me ilumina
E me diz que eu não sou já tão sozinho.

És amor, santidade, luz divina,
Que arranca de meu peito o amargo espinho.
És a doçura do anjo e da menina,
O repouso no enorme burburinho.

És uma luz que passa pela estrada,
Bailando ao meu olhar esperançoso,
Arrebentando o peito em disparada.

És tudo e mais um pouco, oh! musa infinda!
Tens o mundo em teu seio majestoso...
Pena, meu bem, que não nasceste ainda!

Sempre adiante

Há flores secas, inodoras, mortas,
Na estrada que eu trilhei com esperança...
Ventos do mar, que a espuma agita e lança
À beira do oceano, em suas portas.

Ouço as passadas, incontidas, tortas,
Como passadas de feliz criança.
Penso nas ilusões – já todas mortas –
E uma gota em meus olhos se balança.

Penso também que é nova a minha vida...
Outros planos se formam com leveza,
Na minha alma deserta e contraída.

Tudo foi sonho, pesadelo, horror...
Ergo os olhos e sigo com firmeza:
Seja feita a vontade do Senhor!

Simplicidade e grandeza

Entre incertezas que este mundo traz,
O pobre ser humano inda é orgulhoso...
Consegue ver no luxo, tão fugaz,
A base vã de seu suposto gozo.

Esquece que não há, por certo, paz,
Nas coisas grandes, no que é valoroso...
E o amor, que é humilde, não se faz
Senão no que é pequeno e piedoso.

E o homem, na ignorância, no escuro,
Olvida o que é pequeno, o que é inocência,
De rijo peito e de semblante duro.

Ergue tua mão e terás, sem procurar,
A grandeza sublime da existência
Numa flor, numa pedra, num olhar.

Soneto sem sentido

Sou baiano, amigo Juca,
Trago as dores na guitarra.
A estrada ficou maluca,
Tirei as flores da jarra.

Muita coisa te machuca,
Como a alma de uma cigarra.
Não boto a mão em cumbuca,
Nem gosto de quem me amarra.

Assim, nesta luta insana,
Já não posso chupar cana,
Nem ter meu colar vendido.

Não tentes fazer piada,
Bota a mesa na calçada,
Que nada aqui faz sentido.

Aposta

Eu aposto na vida e na esperança,
Num futuro melhor pra todos nós.
Aposto na candura da criança
E na tranquilidade dos avós.

Enquanto o desvario da abastança
Domina corações, que ficam sós,
Eu aposto no bem, que sempre avança,
Eu aposto no amor... e solto a voz.

E canto com ternura e suavidade
O poder da justiça e da humildade,
O valor da união, que não tem fim.

E, ao olhar o infinito à minha frente,
Desejo o bem a toda a minha gente,
Aposto em Deus... e sou feliz assim.

Realidade

Bilhões de corpos vibram no Universo,
Cheios de vida, de calor e luz.
E o homem, cá na Terra, tão disperso,
Não percebe a grandeza que o conduz.

Ao trilhar um caminho tão diverso,
Preocupado, talvez, com a própria cruz,
Prossegue, na indolência do sucesso,
Afunda na ilusão... e se reduz.

Mas a vida se estende gloriosa
Pelo espaço infinito, vitoriosa,
Exuberante em seu sublime porte.

Um dia o homem da Terra aprenderá
Que, na esteira do tempo que virá,
Não existe o vazio... nem a morte.

Quanto amor se pode ver
Nos olhos de uma criança!
Como é bom reconhecer
Que não morreu a esperança!

༺❀༻

Toda a vida no Universo,
Todo o amor e bem-querer
Não cabem no pobre verso
Que tento em vão escrever.

༺❀༻

Não atinjas, na jornada,
Irmão algum que passar.
Ave que leva pedrada
Não consegue mais voar.

༺❀༻

A trova, que é pequenina,
Quando feita pra você,
Representa uma epopeia
Que poucas vezes se vê.

Importante é compreender,
Falar bonito não importa.
Mais vale a semente viva
Do que uma floresta morta.

❦

Sou cristão, não tenho medo,
Sei que não existe morte.
Por que teria receio
Se estou do lado mais forte?

❦

Desse tempo tão feliz,
Em nossa alegre cidade,
Ficou do amor a raiz
No perfume da saudade.

❦

Amadurecido agora,
No bem que em mim pouco brilha,
Vejo Deus a toda hora
Nos olhos de minha filha.

Na lavoura de Jesus
Todos podem trabalhar.
Quem não sabe fazer luz
Pode a vela carregar.

༺༻

Só quando se traz o amor
Livre de sexo e prazer,
Pode-se entender a dor
Que nos ensina a viver.

༺༻

Que a conduta de um irmão
Não nos venha preocupar.
Não podendo enaltecer,
Não devemos criticar.

༺༻

Não há mal que seja eterno,
Pois o mal é uma quimera.
Após o rigor do inverno,
Surge sempre a primavera.

Teus olhinhos tão vivazes,
Inquietos, sempre a mexer,
São duas flores agrestes
Que só eu pude colher.

☙

Remédio antigo, bem velho,
Mas que cura o coração:
Três gotinhas de evangelho,
Uma colher de oração.

☙

O homem tem firmes os pés
Ao caminhar para a luz:
Regulamento em Moisés,
Libertação em Jesus.

☙

O meu grande objetivo
(Mais doce ninguém o tem.)
É ver meu amor feliz,
Pra que eu possa ser também.

No fulgor de uma estrelinha,
Envolto em grande emoção,
Eu vejo a casa, que é minha,
Me aguardando, na amplidão.

❧

Eu a vi chorando um dia,
Nem me recordo por quê.
Oh! momento de magia!...
Fiquei amando você!

❧

Vi flores pelo caminho,
Vi espinhos mais além.
A mão que faz o carinho
Dá bofetadas também.

❧

Se eu por ti me apaixonei,
Não fiques assim vaidosa.
Não é a primeira vez
Que o espinho gosta da rosa.

Queria ser uma flor,
Perfumando a tua mão,
E morrer cheio de amor
Colado ao teu coração.

☙

Eu fitei o teu rostinho,
Que chorava para mim.
Senti-me como um espinho
Entre as flores de um jardim.

☙

Procurar felicidade
Quase sempre é ilusão,
Pois somente a caridade
Faz feliz o coração.

☙

Se eu desejo no caminho
A luz do Mestre adorado,
Não posso negar carinho
Ao irmão necessitado.

Se eu digo que sei amar,
Mas desconheço o perdão,
Só aprendi a cultivar
Mentira no coração.

⚜

Essa rosa perfumada,
Como igual jamais se vê,
Vai secar apaixonada,
Com inveja de você.

⚜

O amor tem um grande amigo,
Como a rosa, na verdade.
Cai a rosa – fica o espinho...
Passa o amor – vem a saudade.

⚜

O estudo mais eficaz
Que o homem pode encontrar
É aquele que o capacita
Logo, logo, a trabalhar.

Se eu fosse sem compromisso,
Sozinho, não sei por quê,
De novo namoraria,
Namoraria você.

☙

Nem tudo que realizamos
Tem pra Deus muito valor:
Tudo que é feito na vida
Tem de ser feito com amor.

☙

Tudo que eu quero no mundo
É possuir, bem faceiro,
Teus olhos – por lamparina,
Teus seios – por travesseiro.

☙

Apontar erros alheios
É mania que nós temos.
Quantas vezes são mais feios
Os erros que cometemos!

Paciência é dom divino
Que devemos conquistar.
Sem passar pelas montanhas,
A água não chega ao mar.

༺༻

Aceita o convite amigo
De nosso Mestre Jesus:
Uma ceia de esperança,
Um jantar de amor e luz.

༺༻

Só desejo, meu amor,
Com a minha poesia,
Ver-te sempre entre sorrisos,
Refletindo a luz do dia.

༺༻

A saudade vem do amor?
Como resposta – talvez.
Saudade dá muitas vezes,
Amor, somente uma vez.

Se queremos ajudar
O mundo tão conturbado,
Ofereçamos um lar
Ao menor abandonado.

ఴ

Quantas flores na campina
A perfumar a amplidão!
É a natureza divina
Estendendo-nos a mão.

ఴ

Tu és tudo para mim,
Tudo, tudo que consola.
Meu chuchu à milanesa,
Meu doce de carambola!

ఴ

Preso a passado obscuro,
Caminhei, por muito, ao léu,
Até descobrir, seguro,
Que em mim mesmo existe um céu.

O homem é sempre culpado
Por ser assim infeliz.
No tribunal derradeiro,
A consciência é o juiz.

        ぐ&ぞ

Depois que ela partiu,
Eu jurei não mais amar.
Era primeiro de abril:
Tenho outra em seu lugar.

        ぐ&ぞ

A consciência nos alerta,
Não podemos reclamar.
A estrada já foi aberta...
Só precisamos andar.

        ぐ&ぞ

Quem no mundo se enclausura
Na vaidade e no egoísmo
Faz da vida uma aventura,
Desprezando o Cristianismo.

Ser feliz tem uma fórmula
Que pra nós jamais vacila:
Preservar com o trabalho
A consciência tranquila.

No jardim particular
De meu triste coração,
Brotou uma rosa linda,
Por quem tenho adoração.

Trago comigo a certeza,
Que jamais há de ter fim,
De que, embora de mim longe,
Estás sempre junto a mim.

Nas horas duras da dor
De difícil compreensão,
Lembremos que o Pai de amor
Vive em nosso coração.

Amigo, não te rebeles
Se imensa dor te sorri.
Vencer a dificuldade
Depende apenas de ti.

⊰✥⊱

Lembra, nos transes da vida,
Nos momentos de amargor,
Que ninguém foge à justiça
Da lei sublime de amor.

⊰✥⊱

Meus sonhos são tão dourados,
Cheiinhos de inspiração.
Vejo-me tonto dormindo
Dentro do teu coração.

⊰✥⊱

É mais fácil nascer pelos
Na sola de nossos pés,
Que a visita indesejável
Ir embora antes das dez.

Tudo tem a sua hora,
O instante pra acontecer.
A fruta só cai do pé
Quando é hora de colher.

Eu me lembro claramente
Do dia da despedida:
Muito sorriso amarelo,
Muita lágrima fingida.

Quanto maior o obstáculo,
Nos duros caminhos meus,
Mais eu compreendo a vida
E mais agradeço a Deus.

Não te ofereço uma rosa,
Flor sublime e perfumada,
Pois, diante do teu rosto,
Essa flor não vale nada.

Eu tenho uma pedra linda
Cravada no coração.
Chama-se Amor, é brilhante
A luzir na escuridão.

ဆွေ

Faze o bem com a alma cheia,
Não penses em descansar.
Quem mitiga a dor alheia
Não tem tempo de chorar.

ဆွေ

Eu levei uma palmada,
Por ser levado da breca:
Dei de presente uma escova
Ao meu avô – que é careca.

ဆွေ

Não vim ao mundo gozar,
Não vim sorrir de alegria.
Vim meus erros expiar,
Na procura da harmonia.

A vida é grande mistura
De que não foge ninguém.
Se existe amor e ventura,
Existem dores também.

❧

Vejo flores no jardim,
Vejo pássaros no céu.
A beleza não tem fim,
Quando o amor não usa véu.

❧

É sempre ação aprovada
Rejeitar o fácil gozo.
Semente selecionada
Produz fruto mais gostoso.

❧

Não é vantagem, querida,
Ser poeta e trovador,
Se tenho você comigo,
Fonte perene de amor.

Deixar falar o silêncio
No âmago do coração
É abrir-se em flor para a vida,
Antevendo a perfeição.

☙

Já fiz tudo em minha vida
De existência milenar.
No entanto, de alma ferida,
Ainda não sei amar.

☙

Perdi tempo precioso
Que quero recuperar.
Quem vive de fácil gozo
Muito breve vai chorar.

☙

Não vejo a hora, querida,
Hora santa, hora tão boa,
De dizer pra todo mundo:
– Adoro minha "patroa".

Um dia fitei teus olhos,
Que prometeram ficar.
Hoje vago entre os escolhos
Desta saudade sem par.

⊰⊱

Remédio pra toda idade,
Na receita do cristão:
Nos gestos – simplicidade,
Grandeza no coração.

⊰⊱

Não quero mais o prazer
Em que o mundo está imerso.
Minha alma aspira ao dever,
No equilíbrio do universo.

⊰⊱

Conservemos a esperança,
Na luta pela ascensão.
Toda subida nos cansa
E exige do coração.

Quando eu deixo a tua casa,
Na hora de ir embora,
Sinto uma grande saudade
Que me dói a toda hora.

⁂

Serenidade e alegria
Qualquer um pode encontrar,
Aproveitando o seu dia
No trabalho salutar.

⁂

O mundo é escola sublime,
Um buril ao coração.
É o castigo que redime,
Quando existe aprovação.

⁂

Nos bancos da faculdade,
O homem aumenta a cultura,
Mas somente a caridade
Dá diploma de ventura.

Ser bom é abrir o peito
À claridade do amor.
É sempre encontrar um jeito
De aliviar uma dor.

◊

Eu peço à brisa tão fresca,
Que bate na lancha agora,
Que leve meu beijo ardente
À minha doce senhora.

◊

Se teus dedos delicados
Segurassem uma rosa,
Ela, de inveja, esfolhava...
Tua mão é mais formosa.

◊

Quem busca renovação
Deve logo começar,
Melhorando o coração,
Santificando o seu lar.

Não sei o que mais me dói,
Entristecendo demais:
Ver o verme que destrói,
Ver o homem que nada faz.

☙

Meu Deus, que estás junto a nós,
Pronto a estender-nos a mão,
Ouve sempre a nossa voz,
No sussurro da oração!

☙

Toda manhã acontece,
E não sei dizer por quê:
Acordo sobressaltado,
Com saudades de você.

☙

Ninguém mais tem o direito
De dizer-se em solidão,
Depois de sentir no peito
O poder da criação.

Ser triste é esquecer o Cristo
Na caminhada terrena.
É desenvolver o quisto
Do egoísmo, que envenena.

൫

É bem mais fácil encontrar
Elefante destrombado,
Que mulher comprar sapato
Sem olhar todo o mercado.

൫

Na lavoura do Senhor,
Ninguém pode estar omisso.
Quem tem um pouco de amor
Já pode prestar serviço.

൫

Na calma da noite bela,
Busquemos inspiração.
Quanta coisa se revela
Durante a meditação!

Do mundo não quero nada,
Pretendo apenas servir,
Aguardando a madrugada,
O momento de partir.

ცჯઝ

Recebe, meu santo amor,
A doce mensagem minha.
Aqui vai meu coração,
Nos versos desta trovinha.

ცჯઝ

Ah! meu Deus, nada mais duro,
Para quem cristão se diz:
Comprometer o futuro
Pelo presente infeliz!

ცჯઝ

Quem se queixa a toda hora
Despreza o dom do perdão.
Muita palavra por fora,
Pouco amor no coração.

Transforma, amigo, a miséria,
O "azar", a desgraça e a dor
Em rosa de redenção
Dedicada ao Criador.

ఴ

Para dizer a verdade,
Eu, que não sou fingidor,
Já não consigo medir
A extensão do meu amor.

ఴ

Muda o homem, rola e cai,
Inventa, aumenta, reduz...
E o caminho que leva ao Pai
Continua a ser Jesus.

ఴ

Numa lágrima sentida,
Vi teu retrato, meu bem...
Toda a esperança da vida,
Num amor que jamais vem.

Eu quis dar uma mensagem
De verdade, amor e luz.
Sobre o papel, com coragem,
Deixei gravado: Jesus.

⊱⊰

O tempo é rosa nascida
No jardim de cada ser.
Quem perde tempo na vida
Não tem tempo de viver.

⊱⊰

Tudo aquilo que se aprende
Deve adiante passar.
Pavio que não se acende
Não deixa a vela queimar.

⊱⊰

Não te esqueças, meu benzinho,
De pedir a Deus Senhor
Que abençoe a nossa vida,
Que proteja o nosso amor.

Importante, na jornada
De alegrias e de dor,
Aceitar toda pedrada
Como se aceita uma flor.

༺༻

Sofrimento exagerado
Também temos de aceitar.
Deus não dá fardo pesado
A quem não pode levar.

༺༻

Não adianta chorar
Após a falha sentida.
É preciso trabalhar,
Renovando a própria vida.

༺༻

Teus olhos são gemas caras
Que enriquecem nosso amor.
Tesouro de joias raras
Possui sempre mais valor.

Aceita do mundo as dores,
Aprende a amar e a sofrer.
Da taça dos dissabores
Todos precisam beber.

ೞ

Tua beleza, meu bem,
É difícil de explicar:
Arregala olho de vidro,
Faz careca arrepiar.

ೞ

Para alguns, felicidade
É coisa que vai e vem.
Eu a sinto, assim eterna,
No coração de meu bem.

ೞ

Se a vida me fez chorar,
Pelos espinhos que traz,
Ensinou-me a trabalhar,
Na procura pela paz.

Não adianta sonhar
Com mansões de excelsa luz,
Se não sabemos amar
Como ensinou-nos Jesus.

⊰⊱

Como herança de outras vidas,
Em que só quis desfrutar,
Trago comigo feridas
Que urge cicatrizar.

⊰⊱

Perdoa, querido irmão,
O instante de desatino.
Às vezes, o coração
Quer voltar a ser menino.

⊰⊱

A saudade é doce amargo,
Como diz o trovador.
Ela nunca há de tomar
O lugar do nosso amor.

Teu coração é uma pérola
De brilho sempre invulgar.
Ah! se não fosse essa luz
Que tanto me ensina a amar!...

༄

Quantas vezes, na agonia
De uma alma endividada,
Encontrei na poesia
A proteção desejada!

༄

Quanta ilusão eu queimei
Com a força estranha do mal!
Mas das cinzas levantei
Para a vitória final.

༄

Quem deseja ser feliz,
Neste mundo de ilusão,
Ouça o que consciência diz
No âmago do coração.

Se a ventura é nossa meta,
Na estrada da evolução,
Andemos em linha reta,
Pra alcançar a perfeição.

༄

Sou feliz, pois reconheço
Que, ao voltar à Eternidade,
Deixo em ti doce semente,
A semente da saudade.

༄

Bateram à porta, um dia,
Abrimos, com pouca idade,
Entrou uma dama linda
Chamada felicidade.

༄

Tranquila noite de sono,
Após o esforço do dia,
É bênção irrecusável
De equilíbrio e de energia.

Enquanto houver pela estrada
Crianças caídas no chão,
A humanidade cansada
Vai viver só de ilusão.

༄

Eu vi meu amor na esquina,
Brincando, feliz assim.
Ah! se eu pudesse, menina,
Ter você só para mim!

༄

Para quem vive sozinho,
Guardando as dores consigo,
Não há tesouro maior
Que a presença de um amigo.

༄

Não chores a desventura
– Instante sem alegria.
Olha bem a noite escura:
Depois vem a luz do dia.

Busquemos o rumo certo,
Sempre reto o pensamento,
Ou seremos como a folha,
Que voa ao sabor do vento.

֍

É bem mais fácil, sem dúvida,
Um burro de pedra voar,
Que o vendedor ir embora,
Sem fazer você comprar.

֍

É preciso caminhar
Com total resolução.
Nós nascemos para amar,
Como toda a criação.

֍

Não há crime mais terrível
Do que a prática do aborto.
É a mãe que mata seu filho,
Por um pouco de conforto.

Na sociedade atual,
Desequilíbrio é a questão:
Rico come bacalhau,
E pobre nem tem feijão.

෴

Eu vi meu filho rezando,
Conversando com Jesus.
Nossa casa foi mudando:
Hoje vive em plena luz.

෴

Somos felizes no amor,
Nada se encontra disperso.
Deus comanda com vigor
O equilíbrio do universo.

෴

Coração tão magoado,
Agradece ao teu Senhor!
É o retorno do passado,
Nas mãos benditas da dor.

Infeliz toda pessoa
Que desistiu de lutar.
A estrada somente é boa
Pra quem sabe caminhar.

༺༻

Se tu nascesses na Grécia,
Asseguro, sem surpresa:
Afrodite era deposta
De seu trono de beleza.

༺༻

De manhã, durante o dia,
À noite, de madrugada,
Sempre, sempre é boa hora
De pensar na minha amada.

༺༻

Escuta a voz de comando,
Que te manda evoluir:
É melhor seguir chorando,
Que estacionar para rir.

Quando a vida se acabar,
No corpo cansado e leve,
Não diga "adeus" a chorar,
Diga sorrindo "até breve".

☙

Não se vive de ilusão,
Pois tudo passa e se esvai.
Libertar o coração
É caminhar para o Pai.

☙

A gota tão cristalina
A cair dos olhos teus
Faz de ti, minha menina,
Puro reflexo de Deus.

☙

Quem possui, em sua vida,
Amor, saúde, esperança,
Tem um mundo de alegrias,
Como se fosse criança.

A espuma do mar é branca,
Mesmo em meio à escuridão.
Também no mundo, que é negro,
É branco o teu coração.

༺༻

Renúncia, fé, altruísmo,
Perdão, amor, caridade
É o caminho da ventura...
Se não faltar humildade.

༺༻

Caminhar por entre espinhos,
Na aspereza da jornada,
Fere os pés a toda hora,
Mas liberta a alma cansada.

༺༻

Quem busca consolação,
Paz interna, amor e luz,
Tem que saber dizer não
Ao mal que arrasta e seduz.

Eu não preciso, meu bem,
Obras de arte comprar,
Pois teu rosto é uma pintura
Que não canso de fitar.

☙

Minhas trovas representam,
Junto a ti, garota-flor,
Todo um mundo de ternura,
Toda uma vida de amor.

☙

Se eu não tenho o que fazer,
Fico exposto à tentação.
Vou buscar algum trabalho
E aprender a dizer não.

☙

Seja noite ou seja dia,
Seja tarde ou madrugada,
Vivo a vida com alegria,
Do mundo não quero nada.

Pode o mundo transformar-se
Que a justiça é sempre assim:
Não há verdade que morra,
Não há mentira sem fim.

◈

Minha irmã falou, baixinho,
Inocente, em seu regaço:
– Papai tem um bigodinho
Bem embaixo de seu braço.

◈

Para o homem feliz andar,
Erguendo a cabeça e o peito,
É necessário extirpar
A nódoa do preconceito.

◈

Não suporto a solidão,
Quando de ti afastado.
Por certo, meu coração
Está "mal acostumado".

Nos momentos de apreensão,
Quando a angústia nos alcança,
Abramos o coração
À verde luz da esperança.

☙❧

Quando o mundo desmorona
E se agigantam as provas,
Pego sempre uma carona
Nos versos de minhas trovas.

☙❧

Quando o sol, subindo a pino,
Aquece as águas do mar,
Volto a ser este menino
Que não para de sonhar.

☙❧

Se agora Vênus te visse,
Linda como a luz do dia,
De tristeza desmaiava
E de inveja morreria.

Se no amor eu vivo imerso
E me julgo iluminado,
Não posso amar o Universo
Se esqueço a miséria ao lado.

☙

Não te apresses no caminho,
Tentando o mundo abraçar.
Pelas rodas do moinho
Muitas águas vão passar.

☙

Não vale a pena chorar,
Seja homem, seja mulher,
Por alguém que vai partir,
Por alguém que não lhe quer.

☙

É muito clara a verdade,
Qualquer um pode sentir:
Para ter felicidade,
É necessário servir.

Não vou te dar um anel,
Se ainda morres de ciúmes.
Flores feitas de papel
Não têm viço nem perfume.

☙

Não percamos nosso tempo,
A reclamar do passado.
Mais vale um tostão no bolso
Do que um tesouro enterrado.

☙

Por melhor que eu faça versos,
Sempre, sempre a aprimorar,
O teu rostinho tão lindo
Não consigo retratar.

☙

O operário reclamava
Da injustiça social.
Depois que virou patrão,
Acha tudo bem normal.

Deus é grande, é infinito,
E olha toda a criação.
Por isso eu calo o meu grito,
Por isso eu busco perdão.

☙

Diga não a todo o mal,
Que envolve, engana, seduz.
Quem vive como animal
Mendiga um pouco de luz.

☙

Mesmo em dias de agonia,
Que podem sempre ocorrer,
Não percamos a alegria,
A alegria de viver.

☙

Sem ti, meu corpo definha,
E o coração quer parar.
Lampião sem querosene
Não consegue iluminar.

Se o mundo parece injusto
E tanta coisa nos tira,
Pensemos que é como um susto,
Nada mais que uma mentira.

૱

Se queres o amor de alguém,
Que te possa completar,
Deixa o orgulho mais além
E aprende primeiro a amar.

૱

Olhando o mar tão sereno,
À minha frente roncando,
Reconheço-me pequeno,
Sinto Deus me observando.

૱

Quanta gente na calçada,
Caminhando distraída!
Nos olhos – muita esperança,
No peito – toda uma vida.

O homem se diz capaz
Na ciência, no amor e na arte.
Mas na procura da paz
Nem sempre faz sua parte.

☙

Em momentos de agonia
Recorro sempre a uma prece.
Depois da chuva que esfria,
Surge o sol que nos aquece.

☙

Nenhuma mulher na Terra,
Nenhum ser de excelsa luz
Nos amou como Maria,
Maria, mãe de Jesus.

☙

Não tenhas medo de rir:
A alegria afasta a dor.
Vivamos sempre a sorrir,
Vivamos com bom humor.

Para o convite da vida
Não diga "não" nem "talvez".
O bonde da madrugada
Passa apenas uma vez.

Na caminhada terrena,
Não devemos esquecer,
Para uma vida serena:
Trabalho, estudo e dever.

Tem o homem ao seu dispor,
À sua escolha e atenção:
Tranquilidade – no amor,
Desvario – na paixão.

Coração que não consola
E que não quer perdoar
É como a ave na gaiola
Que nem sabe mais voar.

O tempo é amigo estimado
Que devemos entender:
Quanto mais corre apressado,
Mais nos ensina a viver.

꽁꽁

O silêncio comovente,
Nos momentos de oração,
Equilibra a nossa mente
E apascenta o coração.

꽁꽁

Situação enfermiça
Do mundo que passa fome:
Há gente que desperdiça
E gente que nada come.

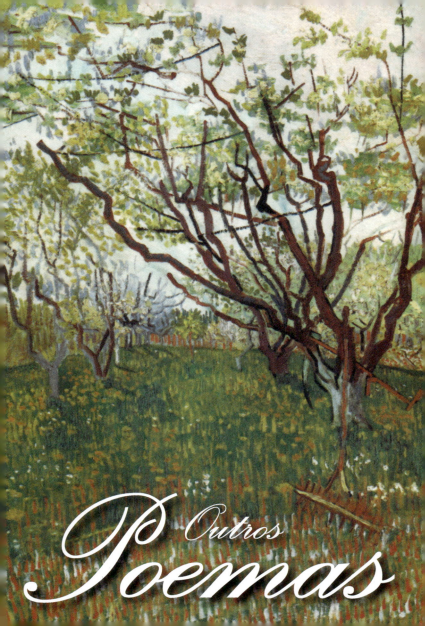

Outros Poemas

Indagação

De que vale o prazer descomedido
Que enfeitiça minha alma de rapaz,
Se no âmago do ser escuto o grito,
Voz do Infinito que me aponta a paz?

De que me vale o gozo desconexo
Dos prazeres da carne que seduz,
Se recebe meu ser sublime enxerto,
Grande concerto de esperança e luz?

De que me vale a fama deste mundo,
Que cega o viajor, o caminhante,
Se o meu coração um hino canta,
Que o mal espanta para bem distante?

De que vale o dinheiro em demasia,
Que escraviza e destrói minha vontade,
Se a natureza me concede tudo,
E eu sigo mudo de felicidade?

De que me vale o orgulho alucinante
– Caminho aberto para a solidão –
Se o corpo é destinado à terra fria,
No grande dia da libertação?

De que me vale a glória do planeta
 – Belo barco de pó e fantasia –
Se tudo muda, tudo gira e avança,
Na grande dança da sabedoria?

De que vale correr desesperado
Atrás de coisas vãs, tão sem calor,
Se o aconchego do lar me locupleta
E atinjo a meta – que se chama amor?

Assim prossegue a vida luminosa,
E a pergunta talvez jamais se cale,
Pois ainda hoje escuto a indagação,
No coração tranquilo – "De que vale?"

Última Batida

– Abre esta porta, mulher,
Quero pedir-te lugar!
Eu venho de muito longe,
Cansado de viajar.
Nas minhas barbas tão brancas,
Os anos vêm-se enrolar.
Dá-me pousada num dia,
Que eu preciso descansar.

– Não posso acolher ninguém,
Sou muito pobre, senhor!
Não tenho marido e filhos,
Como dar-lhe esse favor?
Nada tenho aqui comigo
Que amenize sua dor.
Também vivo de migalhas
Que jamais posso repor.

– Todo mundo me recusa,
Ah! mulher, deixa-me entrar!
Faz muito frio aqui fora,
Preciso só me esquentar.
Não quero tua comida,
Apenas onde ficar.
Amanhã de manhãzinha,
Vou-me embora do lugar.

– Nem uma cama me sobra,
Pra servi-lo nesta hora.
Tenho trastes, nada mais,
O resto deitou-se fora.
Como posso dar pousada,
Se não tenho cama agora.
Minhas roupas já se acabam,
A miséria me devora.

– Não faz mal! – já que recusas,
Ao relento hei de ficar.
Visitei a tua casa,
Mas não pude penetrar.
Não quiseste que eu ficasse,

Vou-me embora devagar.
Não terás jamais notícia
Deste velhinho sem lar.

A porta logo se fecha,
Volta pra dentro a velhinha.
A lareira abandonada,
Uma rústica mesinha,
Duas cadeiras sem tinta,
Uma rede furadinha
São todo o lar da anciã,
Há muitos anos sozinha.

Alguns instantes a sós,
E suspira arrependida.
– Onde vive um só pedinte,
Vivem dois a mesma vida.
Se a miséria é dolorosa,
Menos dói, se repartida.
É cedo, vou encontrá-lo,
Por aqui terá guarida.

Voltou à porta correndo,
O quanto lhe permitia
A velhice do seu corpo
Que aos poucos se contraía.
Viu a rua tão deserta,
Cheia apenas de agonia;
Gritou, enfim, pelo velho...
O silêncio respondia.

Foi-se o monge ao seu caminho,
Só Deus sabe a que lugar.
O seu nome era esperança,
Insistiu para ficar.
Mas a velha maltrapilha
Não a querendo no lar,
A esperança foi embora,
Para nunca mais voltar.

Minha rua

Minha rua tem meninos
Brincando e jogando bola.
Tem cães que ladram ferinos
Na porta da velha escola.

Minha rua tem casais
Que namoram sem parar.
Tem bem-te-vis e pardais
Alegres a esvoaçar.

Minha rua tem vizinhos
Que gostam de conversar.
Tem bando de passarinhos
Que me acordam a cantar.

Minha rua é pequenina,
Não é uma rua qualquer.
Tem sorriso de menina,
Tem perfume de mulher.

Minha rua, oh! minha rua!,
Tem bastante claridade.
Aqui o amor continua
E se torna eternidade.

O moinho

Minha vida é um moinho,
Gira, gira sem parar.
Hoje estou por um caminho
Amanhã posso mudar.

Tanta coisa já passou
Que eu não sei como explicar.
O vento que me arrastou
Sempre ameaça voltar.

Ideias em turbilhão,
Minha mente a fervilhar...
Ah! sofrido coração,
Cansado, não quer parar!

Vou vivendo de esperança,
É preciso caminhar.
Hoje me faço criança...
Deixa o moinho girar!

Para o mar

Quando acordo e o sol amigo
O meu rosto vem queimar,
Pego as flores do caminho,
Ergo a fronte e, então, sozinho,
Vou correndo para o mar.

Quando a poeira sufoca,
Perturbando o respirar,
Faço aceno ao infinito,
Na garganta prendo o grito,
Vou correndo para o mar.

Quando a dor se junta ao riso,
E tudo começa a rodar,
Deixo a loucura no canto,
Seco nas faces o pranto,
Vou correndo para o mar.

Reconheço, na grandeza
Do oceano a marulhar,
A força do Criador...
Por isso, em busca do amor,
Vou correndo para o mar.

Brasil

Olha as folhas do campo, muito verdes,
Verdes como a água mansa do regato;
As flores a enfeitar todas as pistas,
Descanso às vistas, maciez ao tato.

É a estética dos seres naturais,
Que habita o seio doce da natura.
Nossos olhos se acalmam na visão
Dessa extensão de paz, sublime e pura.

Ah! minha pátria, quão formosa és tu!
Quão meigo o seio de bendito amor!
Nos teus braços de amigo o bem suspira
E a paz respira vindo do Senhor.

Brasil, que o mundo desconhece ainda
Como grandeza entre as nações do mundo,
Para ti trabalhamos toda a vida,
Pátria querida, de porvir fecundo!

Possa o poeta, quando ao seu suspiro,
Aquele que o levar ao Infinito,
Ter a ventura de sentir seu peito
Em pó desfeito no teu chão bendito!

Reconhecimento

Foi aqui,
Nesta mesma encruzilhada,
Que eu te conheci...
Minha jovem namorada,
Minha amiga e camarada
Que sorri.

Foi aqui,
Onde o sol bate mansinho,
Que te vi...
Minha esposa, meu anjinho,
Flor de maio em meu caminho
Que sorri.

Foi aqui
Que eu notei que a minha dor
Logo perdi,
Pois tu és, divina flor,
Um mundo imenso de amor
Que sorri.

A alguém

São ideias bem vagas que carrego,
          Como um cego,
Na escuridão do espaço a tatear.
São lembranças de um ser imaculado
          Do passado,
Do passado que insiste em não voltar.

Suspiros de uma fonte pequenina,
          Cristalina,
Que se estendia ao sol, junto às alfombras.
Remanso de um riacho a murmurar
          No lugar,
No lugar onde existem hoje sombras.

A ti, que numa época passada,
          Doce e amada,
Minha estrada cobria só de flores...
A ti, que dentre as névoas da incerteza
          Foi beleza,
Foi beleza aos meus olhos sonhadores...

A ti vai ofertada a poesia,
        Neste dia,
Quando fito o porvir bem promissor.
A ti, que és eterna companheira,
        Verdadeira,
Verdadeira figura de um amor.

Nas estradas da vida em que eu caminho,
        Tão sozinho,
Anda comigo a recordação.
Os versos tristes deposito aqui,
        Só a ti,
A ti que vives no meu coração.

Valor real

Não me importa que tenhas passado
Como um sopro fugaz junto a mim,
Se, na imagem que fica em meus olhos,
Este mundo não pode dar fim.

Não me importa que a vida madrasta,
Prometendo desgraças, me fira,
Se bem sei que o amor que tivemos
Jamais quis se aliar à mentira.

Não me importa sentir a amargura
Desbotando minha alma chorosa,
Se a saudade conserva o perfume
Dessa flor feminina, mimosa.

Não me importa que os homens me digam:
– Não existe essa vida que sonhas!,
Se ainda trago a lembrança comigo
Dessas noites de amor tão risonhas.

Não me importa sentir solidão,
Nesses passos incertos que dou,
Se caminho e te sinto ao meu lado,
Relembrando um amor que passou.

Não me importa essa ideia doente
De abandono total, sem aviso,
Se ainda ouço os gemidos de amores,
Se ainda vejo teu meigo sorriso.

Não me importa a gotinha de lágrima,
Se meus males, por certo, conforta.
Ouço os homens falando, porém
O que o mundo me diz não importa...

Proteção

Não temas nada, querida,
Que estarei sempre contigo.
Serei um sol a brilhar,
Teu amante e teu amigo;
Aquecerei tuas noites,
Tua cama, teu abrigo.

Perto de mim, meu amor,
Nada pode magoar-te.
Sou atento, sou valente,
Sou discípulo de Marte.
Lutarei com valentia...
Desejo apenas amar-te.

Assim, deixo-te bem clara
A minha disposição:
Proteger o teu corpinho,
Preservar-te o coração.
Até que sejas bem minha,
Meu eterno galardão.

O que ficou

Quando penso que as mãos daquela deusa
Pegavam meus cabelos com amor,
E me tocava o rosto a negra trança
– Meiga esperança para o trovador...

Quando penso que a tive tão bem perto,
Quão perto o pombo da pombinha sua,
Quando, à noite, se encontram no sertão,
Que amantes são sob o luzir da lua...

Quando penso nos olhos de menina,
Encanto de um rostinho encantador...
No hálito de mulher tão perfumado
– Sonho dourado de um imenso amor...

Quando penso nas tardes de domingo,
Sob as palmeiras dessa Paquetá...
Nos sorrisos de moça envergonhada,
Face corada, como igual não há...

Quando penso, meu Deus!, desesperado,
Angústia a que ninguém me dissuade,
Que aquela moça já passou de mim,
Eu choro o fim dessa felicidade.

Quando penso que tudo se esfumaça,
Quando o sonho se vai, sonho inimigo,
Ninguém pode matar-me esta coragem
De amar a imagem que ficou comigo!

A meta

Não preciso de bens materiais,
Basta-me a paz que em lutas conquistei.
Sou na vida o menino que cresceu,
Com vida de plebeu e amor de rei.

Minha meta maior, que eu sempre quis,
Foi fazer bem feliz a minha amada.
Para isso lutei como um leão
E fiz do coração uma pousada.

E nele reservei um belo espaço,
Bem ali onde faço esta canção.
E a minha flor, minha mulher, senhora,
Entre sorrisos mora... Oh! que visão!

É a visão desse mundo de magia,
Da suprema alegria que me diz
Que, ao senti-la no peito acomodada,
Protegida e vigiada... ela é feliz.

A praia

Tristes gemidos – como a noite é fria!
Tristes gemidos – como chora a praia!
Os gonzos da saudade giram lentos,
Abrindo as portas destes meus tormentos,
Na atmosfera em que o prazer desmaia.

Tristes gemidos que retumbam secos!
Tristes gemidos da desgraça crua!
A noite grita, mas ninguém responde...
Homem, pedras e mar, tudo se esconde,
Como se esconde, envergonhada, a Lua.

Silêncio! Dor imensa este silêncio!...
Das ondas o gemido já morreu.
Cobre a alva areia toda a água fria,
E o gosto imenso dessa maresia
Adentra o peito singular que é meu.

Então, forte milagre, o dia nasce...
E o sol dissipa as trevas com furor.
Assim na vida, tudo muda e passa,
Não há medo, nem dor e nem desgraça
Que resistam à fé de um grande amor.

O caminho

Enquanto te espero, amor,
Sentado neste banquinho,
Tua imagem, meu anjinho,
Faz vibrar meu coração.
Aqui sentado entre plantas,
Vendo as crianças correr,
Sinto eterno este prazer
De adorar-te... e com razão.

Penso nos doces beijinhos
De teus lábios sensuais;
No mundo de eterna paz
Que aos nossos pés se prostrou.
Penso na felicidade,
Na feliz realidade
Que Deus então nos legou.

Penso nas lutas futuras
Que venceremos sorrindo;
No gozo, agora dormindo,
Desperto no casamento.
Penso em teus olhos, querida,
Eterna fonte de vida,
Apoio em todo momento.

Penso em teu lindo rostinho,
Teus cabelos de veludo.
Penso em tudo, tudo, tudo,
Que de ti me venha, amor.
Mas não me esqueço, Soninha,
Oh! minha eterna rainha,
Das bênçãos do Criador!

Se é tão florido o caminho,
Se há tanta luz pela estrada,
É que conosco, sagrada,
Segue uma sombra divina.
É Deus que cuida da gente,
Abençoando o amor ardente,
O amor que sempre ilumina!

Luz

Num mundo de trevas, de imensa maldade,
Horrores que levam ao pranto mais forte,
Acende, cristão, tua luz maviosa,
Que espanta dos homens a ideia da morte.

O amor que Jesus ensinou no calvário
Entrega ao que sofre a teu lado chorando.
Trabalha sem medo, contente e sincero,
Que ao Cristo, por certo, estás ajudando.

Trabalho de amor é farol que ilumina
A escada comprida que vamos galgar.
Acende, cristão, essa luz caridosa,
Que o Pai, algum dia, te vai compensar.

Não penses, no entanto, no prêmio divino,
Pois tudo se faz sob a lei da união.
A luz da verdade, do bem e do amor
Acende primeiro no teu coração.

Nossa casa

Nossa casa está brilhando,
Como brilha o teu olhar.
É a luz de teu coração
Clareando nosso lar.
É o amor que dedicamos
Um ao outro, sem cessar.

Nossa casa é ninho amigo,
Tudo aqui fala de amor.
Somos aves delicadas,
Unidas pelo Senhor,
Adejando neste oásis,
Neste jardim multicor.

Nossa casa é só ternura,
Nela a alegria descansa.
Somos amigos seguindo
O caminho da esperança.
Nossa casa é humilde e simples
Como o olhar de uma criança.

Ajuda maior

Estou triste, meu Deus, angustiado,
Ao peso de uma carga imensurável.
Mas, quanto mais me punge esta ferida,
Mais te sinto no ser, fonte de vida,
Enchendo-me de fé inabalável.

No mundo eu vejo um inimigo forte,
Alçapão preparado para mim.
Choro no imo da consciência aberta,
Mas Tua luz me põe assim alerta,
Mostrando-me que o mal tem sempre fim.

Não me importa que tudo eu vá perdendo,
Até ficar, quem sabe, assim sozinho,
Se Tua maviosa e alegre luz,
Trazida pelo excelso e bom Jesus,
Mostra-me claro o especial caminho.

Bendigo, então, qualquer dificuldade
Que me transpasse o ser ainda falho.
Pois é nas asas deste sofrimento
Que alcançarei um dia o firmamento,
Onde te louvarei... com meu trabalho.

Ao longe

Estás longe.
O teu perfume de rosa
 Ainda trescala no ar
Como o odor da esperança
Que morreu, assim chorosa.

Estás longe.
O teu riso de criança,
E tua boca cheirosa,
Teus cabelos de veludo...
Todo um mundo de bonança.

Estás longe.
Sigo a vida tão sisudo.
Nada vejo à minha volta,
Minha canção se calou,
Meu coração ficou mudo.

Estás longe.
O tempo nos separou,
Mas continuas comigo.
Tu vives na saudade,
Na saudade que ficou.

Surpresa

Era uma moça pobre e revoltada
Contra a pobreza que lhe dera o mundo.
Nada via de bom na caminhada,
Não sorria sequer por um segundo.

Sua mágoa maior, sua desdita,
Para ela, verdadeira dor maldita,
Era não ter sapatos para usar.
Contra todos se punha com rancor,
Bem pouco lhe importava o excelso amor
Que Deus jamais iria lhe negar.

Contudo, um dia, foi levada a um templo,
Onde um homem – emérito orador –
Falaria da paz, do bem e do amor,
Oriundos do Pai da criação.
Colocou-se a um canto reservado,
E o homem, a falar tão inspirado,
Fez que muitos chorassem de emoção.

Ele falara da necessidade
De seguirmos o exemplo de Jesus;
De como o grande Mestre é nossa luz,
Abrindo-nos a estrada à Realidade.
Dissera do conforto mavioso
Que encontramos em Deus justo e bondoso,
Senhor da vida e Dono da verdade.

Ele ensinara com gentil sorriso
Nos lábios ressecados pelos anos.
Seus olhos refletiam a esperança
Num mundo azul sem dor e desenganos.

Terminada a palestra, o burburinho
Dominava o silêncio do salão.
Muita alegria em cada coração,
E esperança nos olhos mais sensatos.
Todos se foram, devagar, embora,
Menos uma mulher, uma senhora,
Aquela que chorava por sapatos.

É que a palavra do orador da noite
Vibrava em seus ouvidos como açoite,
Açoite às suas mágoas quase eternas.
Aquele homem que falara tanto
Desse amor divinal, sublime e santo,
Aquele homem, meu Deus, não tinha pernas!

RENATO AQUINO

Fale com o autor: renatoaquino@uol.com.br

OUTRAS OBRAS DO AUTOR:

Rua Alexandre Moura, 51
24210-200 - Gragoatá - Niterói - RJ
Telefax: (21) 2621-7007
www.editoraimpetus.com.br